Der kleine Rosengarten

Der kleine Rosengarten

Volkslieder von Hermann Löns

gesungen von Fritz Jöde

Melodieausgabe

für zwei Stimmen

zum Singen und Spielen

EUGEN DIEDERICHS VERLAG

194.–197. Tausend 1989

Umschlaggestaltung: Ute Dissmann, München
Produktion: Tillmann Roeder, München
Druck und Bindung: Wagner GmbH, Nördlingen

ISBN 3-424-00089-2
Printed in Germany

Ro - se Ma - rie,

ABENDLIED

Jedwede Nacht, jedwede Nacht
hat mir im Traume dein Bild zugelacht,
kam dann der Tag, kam dann der Tag,
wieder alleine ich lag.

Jetzt bin ich alt, jetzt bin ich alt,
aber mein Herz ist noch immer nicht kalt,
schläft wohl schon bald, schläft wohl schon bald,
doch bis zuletzt es noch hallt:

Rose Marie, Rose Marie,
sieben Jahre mein Herz nach dir schrie,
Rose Marie, Rose Marie,
aber du hörtest es nie.

MÄNNERTREU

Und das heißt Ehrenpreis,
ei, das heißt Ehrenpreis;
es blüht nicht für die Ewigkeit,
es blüht bloß eine kurze Zeit,
dann ist es welk und weiß.

Es heißt auch Männertreu,
ei, heißt auch Männertreu,
mein Schatz, der mich so viel geküßt,
ich weiß nicht, wo er blieben ist,
das Lieben ist vorbei.

SCHAB AB

Ich habe dir mein Herz gebracht,
mein Herz so treu wie Gold,
du hast mich dafür ausgelacht
und hast es nicht gewollt;
laß sein, laß sein
Und bleib für dich allein.

Schöns Mädchen an dem Gartenzaun,
so schön wie Milch und Blut,
dir will ich jetzt mein Herz vertraun,
nimms hin in deine Hut;
nimms hin, nimms hin
in deinen treuen Sinn.

Und wenn wir uns der Liebe freun
zur schönen Sommerszeit,
dann bleibt die Stolze ganz allein,
bis daß es friert und schneit;
schab ab, schab ab,
ein andern Schatz ich hab.

AUF FELDWACHE

Zu Hause auf den Feldern
da liegt der Schnee so weiß,
zu Hause in den Wäldern
da hängt das blanke Eis;
hier fällt nicht Schnee noch Regen,
zu lindern unsre große Not,
o grüner Klee, o weißer Schnee,
o schöner Soldatentod.

Wo sich die Straße wendet,
da wohnt die Liebste mein,
ist meine Zeit beendet,
so will ich bei ihr sein;
und kann es nicht so werden,
und muß ich fort beim Morgenrot,
o grüner Klee, o weißer Schnee,
o schöner Soldatentod.

HÄCKERLING

Efeu, Efeu, Immergrün,
in die Fremde will ich ziehn;
wo kein Mensch mein Herzleid kennt,
niemand meinen Namen nennt.

Birke, Birke, Maienbaum,
meine Liebe war ein Traum;
währte einen Sommer lang,
ist dahin, wie Glockenklang.

Myrte, Myrte, Jungfernzier,
was soll deine Blüte mir;
denn es hat mir Schlechtigkeit
Häckerling vors Haus gestreut.

Hafer, Hafer, Schandenkraut,
Unglück ist mir angetraut;
wo das tiefe Wasser rinnt,
meine Seele Ruhe findt.

SCHÄFERLIED

Wenn die Lerche lustig singet,
sich hinauf zum Himmel schwinget,
mutterseelenallein, allein,
Schatz, dann denk ich dein.

Wenn der Tauber ruft sein Weibchen,
sein geliebtes Turteltäubchen,
mutterseelenallein, allein,
Schatz, dann denk ich dein.

Wenn die Sonne geht hernieder,
wenn sie morgens kehret wieder,
mutterseelenallein, allein,
Schatz, dann denk ich dein.

DIE NONNE

Die roten, roten Rosen,
die darf ich gar nicht ziehn;
im Klostergarten dürfen
bloß weiße Lilien blühn.

Drei rote Rosen fallen
vor meine Füße hin;
es fließen meine Tränen,
daß ich eine Nonne bin.

Ach, Reiter, junger Reiter,
behalt die Rosen dein;
mir blühen bloß die Lilien,
doch nicht die Röselein.

HUSARENLIED

Rote Husaren
die reiten niemals, niemals Schritt;
herzliebes Mädchen,
du kannst nicht mit.

Weiß ist die Feder
an meinem roten, roten Hut;
schwarz ist das Pulver,
rot ist das Blut.

Das grüne Gläslein
zersprang mir in der, in der Hand;
Brüder, ich sterbe
fürs Vaterland.

Auf meinem Grabe
solln rote Rosen, Rosen stehn;
die roten Rosen
und die sind schön.

ABSAGE

Du Hübsche, du Feine,
was stehst du allein,
und wenn du keinen Schatz hast,
ich will es wohl sein.

Einen Schatz und den hab ich,
und kommt er nicht her,
einen Jäger, grünen Jäger,
will ich nun und nicht mehr.

Ei, warum keinen Jäger,
kein jungjunges Blut,
denn ein Jäger kennts Lieben
und weiß, wie das tut.

Was soll mir ein Jäger,
der soll es nicht sein,
der geht bei Nacht jagen
und läßt mich allein.

DAS BITTERSÜSSE LIED

Singst ja viel zu süß, singst ja viel zu süß,
Nachtigall, vor meinem Kämmerlein;
singst so bittersüß, singst so bittersüß
für ein Mädchen, das allein muß sein.

Wenn die Sonne scheint, wenn die Sonne scheint,
kannst du singen immer-, immerzu;
aber bei der Nacht, aber bei der Nacht
raubt dein Lied mir alle meine Ruh.

LIEBESKLAGE

Weidenbaum, du sollst es hören,
daß er nie wird wiederkehren,
schön und lustig ist der Mai,
doch mein Glück das ist vorbei.

Weidenbaum, du sollst es wissen,
nie wird er mich wieder küssen,
wieder kehrt die Maienzeit,
doch sie bringt mir neues Leid.

Weidenbaum, wenn sie dich fragen,
Weidenbaum, dann sollst du sagen,
wen betrogen hat der Mai,
dessen Frühling ist vorbei.

WARNUNG

Der Birnbaum blüht nicht bloß aus Freude,
er blüht nicht nur zur Augenweide:
kommt seine Zeit, kommt seine Zeit,
dann ist er voller Süßigkeit.

Drum, schönes Mädchen, laß dich lieben,
sonst wird dich einst dein Herz betrüben;
dann bist du alt und bist allein
und mußt die schönste Zeit bereun.

ULANENEINMALEINS

Fünf, sechs, sieben und acht,
ich komme um die Mitternacht;
klopf leise an das Fenster an,
so daß es niemand hören kann,
ja hören kann.

Neun, neun, neun und zehn,
nun muß es wieder weiter gehn;
leb wohl, mein Schatz, gedenke mein,
ich kann nicht länger bei dir sein,
ja bei dir sein.

Wer hat dies schöne Lied erdacht?
Ein blauer Ulan hat es gemacht;
er diente eins, zwei, drei, vier Jahr,
manch schönes Kind sein Liebchen war,
ja Liebchen war.

LIEBESSUCHE

Ich bin schon achtzehn Jahre alt
und brauche einen Mann;
ich will den Kuckuck fragen gehn,
wie fang ich es wohl an.

Der Kuckuck sagt, ich weiß es nicht,
hat selber keine Frau;
so geh ich zu der Nachtigall,
wenn abends fällt der Tau.

Die Nachtigall, die weiß es nicht,
ihr Mann ist lange tot;
drum singt sie lauter Traurigkeit,
drum singt sie lauter Not.

Der Kuckuck und die Nachtigall,
die singen ach und weh;
und ich steh da und bin allein
im Gras und grünen Klee.

KÜSELWIND

Drei Lilien, drei Lilien,
die blühten hell und klar;
drei Lilien, drei Lilien,
dreimal ich bei dir war.

Die Liebe, die Liebe,
die hat so hell geglüht;
die Liebe, die Liebe,
die ist schon ausgeblüht.

Drei Rosen, drei Rosen,
die blühen heute mir;
drei Rosen, drei Rosen,
wer schläft wohl jetzt bei dir?

DAS FENSTERLEIN

Und er sprach: mein allerliebstes Kind,
draußen geht ein bitterböser Wind,
bitte laß mich ein, bitte laß mich ein,
will auch artig sein,
und das Lieben ist ja keine Sünd.

Meine Mutter immer zu mir spricht:
Kind, die Männer taugen alle nicht.
aber wenn sie wüßt, aber wenn sie wüßt,
wie mein Liebster küßt,
ach, so sagte sie das sicher nicht.

Bin ich auch den ganzen Tag allein,
kann mein Liebster auch nicht bei mir sein,
aber heute Nacht, aber heute Nacht
weiß ich, wer da wacht,
denn dann klopft es an mein Fensterlein.

VERLOREN

Anna Marianna, wo bist du, mein Lieb,
Anna Marianna, der Wind dich vertrieb,
Anna Marianna, du zogst in die Stadt,
Anna Marianna vergessen mich hat.

Rosmarienheide blüht wieder im Moor,
Rosmarienheide die Farbe verlor,
Rosmarienheide zum zweiten Mal blüht,
Rosmarienheide erfreut kein Gemüt.

Anna Marianna, wo bist du, mein Lieb,
Anna Marianna, der Wind dich vertrieb,
Anna Marianna, dein Herz das ging tot,
Anna Marianna in Kummer und Not.

DAS BUCHENBLATT

Die Rose hat verloren
die roten Blüten all,
was du mir hast geschworen,
es war ein leerer Schall.

Das Blatt am Buchenbaume
gibt keinen Schatten mehr,
dem allerschönsten Traume
blüht keine Wiederkehr.

DAS BICKBEERNPFLÜCKEN

Das Bickbeernpflücken darf man nicht
in dem grünen, grünen Wald;
denn der Förster ist ein böser Mann,
der zeigt die jungen Mädchen an
in dem grünen, grünen Wald.

Der Förster ist bloß halb so schlimm
in dem grünen, grünen Wald;
denn der Förster ist ein junges Blut,
der weiß es wohl, wies Lieben tut
in dem grünen, grünen Wald.

Ein alter Förster ist nicht schlimm
in dem grünen, grünen Wald;
doch wen der junge Förster kriegt,
der behält sein grünes Kränzlein nicht
in dem grünen, grünen Wald.

Mein Kränzlein hab ich längst nicht mehr
in dem grünen, grünen Wald;
denn als ich Bickbeern pflücken tat,
der Förster mich gefangen hat
in dem grünen, grünen Wald.

TAUSENDSCHÖNCHEN

Endlich ist er dann gekommen,
rot wie der Klee, ja der Klee, der Klee,
hat mich in den Arm genommen,
niemand war in der Näh.

Als er ging, da mußt ich weinen,
weiß wie der Schnee, ja der Schnee, der Schnee,
keine Sterne seh ich scheinen,
wohin ich auch immer seh.

Tausendschönchen mich beschämen,
rot wie der Klee, ja der Klee, der Klee,
weinen muß ich und mich grämen,
weiß wie der Schnee, ja der Schnee.

AM BRUNNEN

Ich glaube gar, sie lesens
mir ab von dem Gesicht,
als ob sies alle wissen,
und das dürfen sie doch nicht.

Das Wasser in dem Brunnen,
das sagt es mir sogleich;
Meine Augen die sind trübe,
meine Wangen die sind bleich.

Das Wasser in dem Brunnen
verschweigt wohl, was es weiß;
so kühl ist ja das Wasser,
die Reue, die ist heiß.

Die Reue, ja die Reue,
die brennet gar so sehr;
das tiefe tiefe Wasser
das gibt nichts wieder her.

ERWARTUNG

Lilien und Rosen
die sind so wunderwunderschön,
am Gartentore
da muß ich stehn.

Die Nachtigallen
die schlagen immerimmerzu,
es klopft mein Herze,
gibt keine Ruh.

Warten, ach warten,
das kann ich nimmernimmermehr,
nach meinem Schatze
sehn ich mich sehr.

WINTER

Über die Heide flogen die Schwalben,
Annemarie, sie grüßten dich von mir,
über die Heide riefen die Raben,
Annemarie, Antwort von dir.

Über die Heide pfeifen die Winde,
Annemarie, und alles ist voll Schnee,
über die Heide ging einst mein Lieben,
Annemarie, ade, ade.

DER SPUK

Ach Schwester, liebe Schwester,
das war im Stroh die Maus,
wir wolln den Besen nehmen
und jagen sie hinaus.

Ach Schwester, liebe Schwester,
die Maus, die war es nicht,
es trug ja einen Schnurrbart
in seinem Angesicht.

Ach Schwester, liebe Schwester,
der Kater wird es sein,
wir wolln die Tür verriegeln,
dann kann er nicht herein.

Ach Schwester, liebe Schwester,
es war kein Katertier,
es kam ja durch das Fenster
und flüsterte mit dir.

Ach Schwester, liebe Schwester,
laß doch das Fragen sein,
es spukt vielleicht auch nächstens
in deinem Kämmerlein.

ALLWUNDHEIL

Irgendwie und irgendwie,
schweig still, schweig still,
find ich sie und find ich sie,
schweig still, schweig still;
hilfst du mir, schöns Mägdelein,
soll sie bald gefunden sein,
die rote Blume,
Blume Herzenstrost.

Irgendwann und irgendwann,
schweig still, schweig still,
man die Blume pflücken kann,
schweig still, schweig still;
gehn zu zwein wir in den Wald,
finden wir die Blume bald,
die rote Blume,
Blume Herzenstrost.

Irgendwas und irgendwas,
schweig still, schweig still,
hat zerdrückt das grüne Gras,
schweig still, schweig still;
wer die rote Blume bricht,
schont des grünen Grases nicht,
die rote Blume,
Blume Herzenstrost.

DAS SCHEIDEN

Aber dies, aber das,
und grün ist das Gras;
und das Gras, das ist grün,
und die Rosen, die blühn.

Und blühn sie heut rot,
morgen sind sie schon tot;
und dann heißt es ade,
und es fällt dann der Schnee.

Und der Schnee der ist weiß,
und das Feuer ist heiß;
und das Feuer brennt sehr,
doch das Scheiden noch mehr.

DAS STILLE WASSER

Die Augen schlag ich unter mich
und sehe niemand an,
als ob ich nichts von Liebe weiß
und davon reden kann.

Doch davon reden tu ich nicht,
ich schweige immer still
und sehe, ob das Sonnenlicht
nicht bald verschwinden will.

Doch wenn der Mond am Himmel steht,
es schlafen alle Leut,
dann will ich mich der Liebe freun
in aller Heimlichkeit.

Und scheint die Sonne wiederum
so hell und auch so heiß,
stell ich mich vor den Leuten an,
als ob von nichts ich weiß.

DER STROMER

Heiß ist der Sommer,
kalt ist der Winterwinterwind;
warm ist das Lieben
beim schönsten Kind.

Hinter der Hecke
da ist ein guter guter Platz;
da will ich träumen
von meinem Schatz.

Die, die ich meine,
die lebt wohl längst ja längst nicht mehr;
die Rosenbüsche
sind kahl und leer.

Hinter der Hecke
da ist der Schnee der Schnee so weich;
bleib ich da liegen,
mir ist es gleich.

Tragen zwei Engel
mich auf zur Himmelshimmelshöh;
mein feines Liebchen
ich wieder seh.

Ein Lilienstengel
trägt sie in ihrer ihrer Hand;
ein Lilienstengel
mit goldnem Band.

DIE GOLDENE WIEGE

Frau Königin, euch will ichs klagen,
will klagen euch mein Herzeleid,
mein Schatz hat treulos mich verraten,
mein Herz das weint vor Traurigkeit.

So gib es her, ich will es wiegen,
bis daß es schläft für immer ein,
soll in der goldnen Wiege schlafen
bei meinem toten Kindelein.

Und wiegt ihr es auch sieben Jahre,
und wiegt ihr es auch immerzu,
es hört und hört nicht auf zu weinen,
es läßt und läßt mir keine Ruh.

Ich weiß ein tiefes Wasser rauschen,
es rauscht ein Lied, das keiner kennt,
das soll mein Herz in Schlummer singen,
erst dann hat seine Not ein End.

DER TAUBER

Horch, wie mein Herze schlägt,
o du, du, du,
was sagt dein Herze denn
dazu, dazu?
Was wohl mein Herze will,
o du, du, du,
denk ich darüber nach
und gib ihm Ruh.

Der Tauber ruft nicht mehr,
o du, du, du,
und seine Taube hört
ihm nicht mehr zu;
was wohl die Tauben tun,
o du, du, du,
wozu sind wir im Mai,
wozu, wozu?

WEGEWARTE

Ich stand an dem Wege,
hielt auf meine Hand,
du hast deine Augen
von mir abgewandt.

Jetzt stehst du am Wege,
da wehet der Wind,
deine Augen, die blauen,
vom Staub sind sie blind.

Da stehst du und wartest,
daß ich komme daher,
Wegewarte, Wegewarte,
du blühst ja nicht mehr.

DER JUNGFERNKRANZ

Was hilft mir denn mein Jungfernkranz,
hab ich ihn ganz allein,
ich trug ihn zwanzig Jahre lang,
bald wird verwelkt er sein.

Verwelken aber soll er nicht
vor Sonne und vor Wind,
ich häng ihn abends in den Tau,
bis daß ihn einer findt.

Und wer ihn findt, das sag ich frei,
ihn auch behalten kann;
ich trug ihn zwanzig Jahre lang,
mir liegt nichts mehr daran.

KÜSSEKRAUT

Unterm Liebholz hab ich gesessen,
hab Küssekraut gepflückt;
hat mein Liebster, Allerliebster
an das Herz mich gedrückt.

Und er hat mich liebkoset
mit Mund und mit Hand;
sang ein Vöglein, kleines Vöglein,
und das Lied ich verstand.

Und das Lied hat geheißen,
und das Lied und das hieß:
Ach die Liebe, süße Liebe
und die schmeckt ja so süß.

Will jetzt Küssekraut pflücken
bei Tag und bei Nacht;
denn zum Küssen, auch Küssen
sind wir Mädchen gemacht.

SO ODER SO

Ich liebte einst ein Mägdelein,
mi, ma und Mägdelein, ja Mägdelein,
sie sprach, ich sollte bei ihr sein,
bi, ba und bei ihr sein, ja bei ihr sein;
doch als ich kam beim Sternenlicht,
da hatte sie ihr Fenster dicht,
und ließ mich nicht hinein.

Und ists die Bauerntochter nicht,
ti, ta und Tochter nicht, ja Tochter nicht,
die Magd hat auch ein frisch Gesicht,
fri, fra und frisch Gesicht, ja frisch Gesicht;
und schlaf ich nicht im Federbett,
auf Stroh, da liebt sichs auch ganz nett,
das schadt mir weiter nicht.

DER TRAUM

Mein Myrtenstock trug Blümelein
als wie das Blut so rot,
ist krank der Herzgeliebte mein,
oder ist er am Ende tot?

Dein Herzgeliebter im fernen Land
ist krank nicht und nicht tot;
er hat sein Lieben zugewandt
einem Mägdlein rosenrot.

Einem rosenroten Mägdelein,
das ist sein ganzes Glück;
für dich muß er gestorben sein,
er kehrt nicht mehr zurück.

Und wenn er mir die Treue brach,
so will ich schlafen bei dir;
will schlafen bis zum jüngsten Tag,
deinen Schatten über mir.

Es wird dann blühn auf meinem Grab
die Blume Vergißnichtmein;
daß ich ihn nicht vergessen hab,
soll sie ein Zeichen sein.

LIEBESWEH

Das hat mit seinem Singen
das Vögelein vollbracht,
es hat das heiße Klingen
das Herz mir krank gemacht.

Zur Schmiede will ich eilen
mit meiner Not und Qual,
mein Herz das will ich heilen
mit Eisen und mit Stahl.

Der Schmied und der soll schlagen
einen Reifen um mein Herz,
damit es kann ertragen
den bittern bittern Schmerz.

Das Herz ist mir zersprungen
vor lauter Liebesweh,
ein Vogel hat gesungen
in Eis und auch im Schnee.

DER EINE ALLEIN

Wenn alle mit mir tanzen,
bloß du nicht allein,
so tanz ich, was ich tanzen kann,
wenn nicht, denn nicht,
wenn nicht, denn nicht,
dann läßt und läßt du's sein.

Und wolln mich alle küssen,
bloß du nicht allein,
trotzdem, daß ich die Schönste bin,
wenn nicht, denn nicht,
wenn nicht, denn nicht,
dann laß und laß ich's sein.

AUF DER GARTENBANK

Was ist das fürn heller Schall,
kling und klang, kling und klang,
ist das wohl die Nachtigall,
die da eben sang?

Nachtigall, die kanns nicht sein,
kling und klang, kling und klang,
singt ja nicht so klar und rein
bei der Gartenbank.

Will doch schnell mal näher gehn,
blink und blank, kling und klang,
und mir das da mal besehn
auf der Gartenbank;

Nachtigall und Sonnenschein,
kling und klang, blink und blank,
sitzt die Herzgeliebte mein
auf der Gartenbank.

BLUT UM BLUT

Und als ich in den Wald hinein kam,
drei Glockenschläge ich vernahm;
da weinte ich zum andern Mal
viel bittre Tränen ohne Zahl
so rot wie Blut, so rot wie Blut,
so rot als wie das Blut.

Und als ich kam in den kühlen Grund,
mein Liebster lag auf den Tod verwundt;
da weinte ich wohl ohne End
und rang meine schwanenweißen Händ,
so rot wie Blut, so rot wie Blut,
so rot als wie das Blut.

Das Tüchlein das ist schlehenweiß,
es trank deinen bittren Todesschweiß,
ich schwenk es nach des Mörders Haus
und lösche ihm sein Leben aus,
so rot wie Blut, so rot wie Blut,
so rot als wie das Blut.

Das Tüchlein schwenk ich in der Hand,
davon wird ihm das Herz verbrannt;
das Tüchlein wehet auf und ab,
ich grabe ihm das Totengrab,
so rot wie Blut, so rot wie Blut,
so rot als wie das Blut.

Und wo mein Schatz begraben liegt,
eine weiße Taube zum Himmel fliegt;
und wo der Mörder fand sein Grab,
da fliegt ein Rabe auf und ab,
so rot wie Blut, so rot wie Blut,
so rot als wie das Blut.

DIE SCHÖNSTE JAGD

Und wenn die Nacht ganz dunkel ist,
der Mond gibt keinen Schein,
dann klopft es dreimal leise an
bei meinem Fensterlein;
ja das Schießen das lernt sich,
wenn man fleißig es übt,
auf Hirsche und Hasen
und was es sonst wohl noch gibt.

Ich weiß wohl, wer da draußen steht,
er trägt ein grünes Kleid,
er schießt die Hirsche und die Reh,
denn das ist seine Freud;
ja das Schießen das lernt sich,
wenn man fleißig es übt,
auf Hirsche und Hasen
und was es sonst wohl noch gibt.

Und geht der Wind wohl hin und her,
und trifft er wenig an,
dann sucht mein Schatz ein anderes Wild,
auf das er jagen kann.
Ja das Schießen das lernt sich,
wenn man fleißig es übt,
auf Hirsche und Hasen
Und was es sonst wohl noch gibt.

DIE NACHTIGALL

Die Nacht ist mir nochmal so lang,
hab ich dich nicht im Arm;
mein Bett ist hart, mein Bett ist kalt,
einst war es weich und warm.
Nachtigall, Nachtigall, laß dein Singen sein,
Nachtigall, Nachtigall, ich bin ja so allein.

Die Nacht ist aus, der Tag beginnt,
ich bin so matt und müd;
du Nachtigall bist schuld daran
mit deinem bösen Lied.
Nachtigall, Nachtigall, laß dein Singen sein,
Nachtigall, Nachtigall, ich bin ja so allein.

HECKENKIND

Und als ich dann geboren ward,
die Taufe war von feinster Art,
als Pate kam der Igel,
das Wiesel und die Maus,
und als es an zu regnen fing,
da war die Feier aus.

Heut halte ich mein Hochzeitsfest,
da kommen lauter feine Gäst,
der Fink und auch die Meise,
die Eule und der Hähr,
und wenn die Wurst nicht langen will,
der Bauer hat noch mehr.

Und wirds mit mir zu Ende sein,
die Leichenfeier, die wird fein,
der Rabe singt die Messe,
der Dachs das Grab mir macht,
die Eichkatz auf dem Baume sitzt
und hat sich schief gelacht.

VERSCHÜTT

Drei Birken sind es und nicht sieben,
valleri und vallera,
ein schönes Mädchen tat ich lieben,
juppheidi heida;
drei Tage lang auf grüner Heid,
dann war sie aus, die schöne Zeit.

Es kam der Spitzhut angegangen,
valleri und vallera,
er hat uns beide eingefangen,
juppheidi heida;
in Celle steht ein festes Haus,
mit unserer Liebe ist es aus.

O schönes Mädchen, meine Freude,
valleri und vallera,
es stehn drei Birken auf der Heide,
juppheidi heida;
doch ihr Gezweig ist kahl und leer,
o Schatz, ich seh dich niemals mehr.

ROSE IM SCHNEE

Ein Vogel sang im Lindenbaum,
ein süßes Lied er sang,
Rose weiß, Rose rot,
das Herz im Leib mir sprang,
sprang vor Freude hin und her,
als ob dein Lachen bei ihm wär,
so süß es klang.

Rose weiß, Rose rot,
was wird aus mir und dir?
Ich glaube gar, es fiel ein Schnee,
dein Herz ist nicht bei mir,
nicht bei mir, geht andern Gang,
falsches Lied der Vogel sang
von mir und dir.

DER ROSENGARTEN

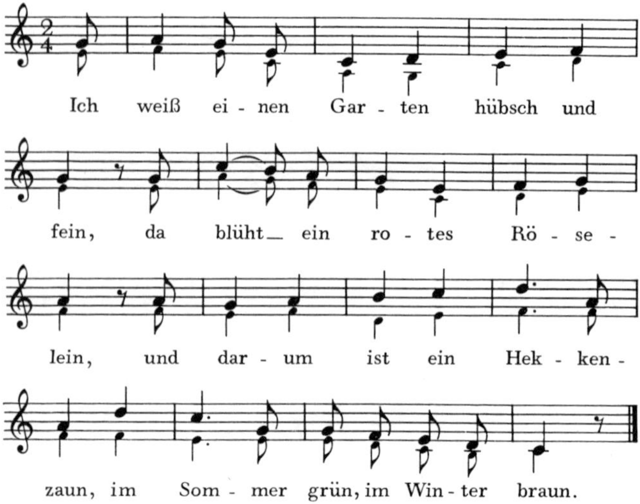

Und wer das Röslein brechen will,
muß kommen stumm, muß kommen still;
muß kommen bei der dustern Nacht,
wenn weder Mond noch Sternlein wacht.

Ich wollte meinem Glück vertraun,
stieg heimlich übern Gartenzaun;
das rote Röslein war geknickt,
ein andrer hatte es gepflückt.

Das Gärtchen ist nun kahl und leer,
das rote Röslein blüht nicht mehr;
betrübt muß ich von weitem stehn
und nach dem Rosengarten sehn.

DIE ARME SÜNDERIN

Der Richter sprach das Urteil,
der Richter brach den Stab;
der Mönch in schwarzer Kutte
das Abendmahl dir gab.

Der Henker im roten Mantel
der schnitt das Haar dir ab;
und seine sieben Knechte
die gruben dir das Grab.

Und alle, die es sahen,
die haben da gesagt:
sie hat ein Herz ermordet,
und das hat sie verklagt.

KOMM MIT

Von dem Walde her es klingt,
komm mit, komm mit.
Steht er da nicht schon und winkt,
komm mit, komm mit?

Was die Mutter immer spricht,
komm mit, komm mit,
glaub ich ihr noch lange nicht,
komm mit, komm mit.

Eulenruf bedeutet Tod,
komm mit, komm mit,
sterb schon fast vor Liebesnot,
komm mit, komm mit.

DER FERNE STERN

Ich weiß ein Herz, und das ist mein,
hell ist der Tag, schwarz ist die Nacht,
und kann doch nie mein eigen sein,
Liebe hält treuliche Wacht;
mein ist es und doch nicht mein,
so fern ists wie der helle Schein
da hinten über dem Walde.

Die Nachtigall voll Schmerzen weint,
hell ist der Tag, schwarz ist die Nacht,
zwei Herzen bleiben unvereint,
Liebe hält treuliche Wacht;
zwei Augen weiß ich, rotgeweint,
und einen Stern, der einsam scheint
da hinten über dem Walde.

DAS BESTE WILDPRET

Es hat nicht lange Hörner
und auch kein stolz Geweih,
es frißt nicht Gras noch Blätter
und tritt kein Holz entzwei.

Es ist nicht Hirsch, noch Hase,
und auch kein wildes Schwein,
und ist mir doch viel lieber,
als eins von diesen drein.

Ich fangs mit keinem Netze,
ich fangs mit keinem Hund,
ich schieß es nicht mit Hagel,
noch mit der Kugel rund.

Denn was ich geh zu jagen,
das ist ein schlankes Reh,
und wenn ich es erlege,
das tut ihm gar nicht weh.

MAI

Halli, was ist mein Messer rot,
Hallo, der gute Bock ist tot,
ein Bruch am Hut mir steckt;
nun klingt mein Horn im grünen Wald,
daß es so laut, so lustig schallt,
ich hab den Bock gestreckt.

Und wenn die Sonne schlafen geht,
und wenn der Mond am Himmel steht,
kehr ich bei Meiner ein;
sie lauert schon die dritte Nacht,
dieweil den Bock ich ausgemacht,
auf wird ihr Fenster sein.

WILDE ROSEN

Am Tage auf der Straße
siehst du nicht nach mir hin;
es braucht kein Mensch zu wissen,
daß ich dein Liebster bin.

Der Tag der ist vergangen,
die Nacht die bricht herein;
im allerletzten Hause
da ist ein heller Schein.

Ich lasse die Eule rufen,
das Licht geht hin und her;
das Fenster das ist dunkel,
die Eule ruft nicht mehr.

Das Lieben vor allen Leuten
macht nicht so viele Freud,
als wenn man bricht die Rosen
in aller Heimlichkeit.

DER REITERSMANN

Im Wirtshaus am Wege
da kehren wir ein,
und trinken ein Gläslein
vom goldenen Wein;
du Hübsche, du Feine,
komm setz dich zu mir,
ein Ringelein von Golde,
das schenke ich dir.

Und ist sie geschlagen,
die blutige Schlacht,
und haben wir Frieden
mit Frankreich gemacht,
dann binde den Schimmel
ich wieder hier an,
denn treu ist, ja treu ist
der Reitersmann.

DENN NICHT

Narzissen und Nelken und Veilchen sind schön,
ich will in die Fremde, die Fremde jetzt gehn;
in der Stadt sind die Mädchen
noch einmal so schön,
ich such mir eine andre
und lasse dich stehn.

Füsiliere, Grenadiere, Soldat will ich sein
zu Köllen am Rheine, da trink ich den Wein;
da lieb ich wohl eine,
da lieb ich wohl zwei,
Soldaten sind lustig,
Soldaten sind frei.

AUF DER STRASSE

Auf der Straße, der Straße
ist alles voll Staub,
da tragen die Bäume
kein grasgrünes Laub.

Von dem Staube, dem Staube
da werd ich nicht satt,
ich weiß, wo der Bauer
die Wurst hängen hat.

In dem Busche, dem Busche,
in Gras und in Kraut
da leben wir lustig
als Bräutgam und Braut.

Denn ein Mädchen, ein Mädchen
wie Milch und wie Blut
die fand ich an der Straße,
und die ist mir gut.

DIE NACHTIGALL

Und steht sie in dem Garten mein,
so soll sie bald gebrochen sein,
gebrochen sein.
Und wenn sie schon ein andrer brach,
und brach er sie vor Tau und Tag,
vor Tau und Tag?

Und kann es nicht die Lilie sein,
so pflück ich mir ein Röselein,
ein Röselein;
und kann es nicht die Lilie sein,
was soll dir dann das Röselein,
das Röselein?

Frau Nachtigall, Frau Nachtigall,
was singst du mir so bittren Schall,
so bittren Schall?
Ich sing, wie mir der Schnabel steht,
ich singe, wie der Wind wohl weht,
der Wind wohl weht.

AUS UND VORBEI

Mein Sommer der starb,
denn o Weh und o Weh,
mein Lieben verdarb,
liegt begraben im Schnee,
ist verwelkt und verdorrt,
und der Wind trieb es fort,
wohin und wohin ich auch seh.

Es kommet der Mai,
doch o Weh und o Weh,
meine Zeit ist vorbei,
ist begraben im Schnee,
ist verwelkt und verdorrt,
ist verschwunden und fort,
wohin und wohin ich auch seh.

DER GOLDENE HAHN

Ich ging allein im grünen Wald,
viel Brommelbeeren fand ich bald;
ich hab mich auf und ab gebückt,
die Brommelbeeren abgepflückt.

Mein Herz auf einmal stille stand,
das Körblein fiel mir aus der Hand;
ich hörte singen den goldnen Hahn,
der kündet junges Sterben an.

Was fang ich an mit meiner Not?
ich höre meinen eignen Tod;
wer den goldnen Hahn hört ganz allein,
sein Grab wird bald gegraben sein.

Du junges, junges Jägerblut,
nimm mich in deine treue Hut;
die Brommelbeeren im Körbelein
die solln dir nicht verwehret sein.

Die Brommelbeeren will ich nicht,
du allerliebstes Angesicht;
will küssen deinen roten Mund
im grünen Wald eine Viertelstund.

Im grünen Wald der goldne Hahn
der singt und singt soviel er kann;
sing du nur hin, sing du nur her,
ich fürchte mich kein bißchen mehr.

AN DIE SPRÖDE

Die Nachtigall singt nicht
in Schnee und Eis;
die Liebe schmeckt am schönsten,
wenn niemand es weiß.

Gertrude, weiße Blume,
der Flieder der blüht;
die Nachtigall im Walde
die singet ihr Lied.

Sie singet von Liebe,
sie singet von Glück;
die Zeit, die verpaßt ist,
die kommt nicht zurück.

Gertrude, weiße Blume,
und kurz ist der Mai;
was willst du noch warten,
bald ist er vorbei.

DIE RABEN

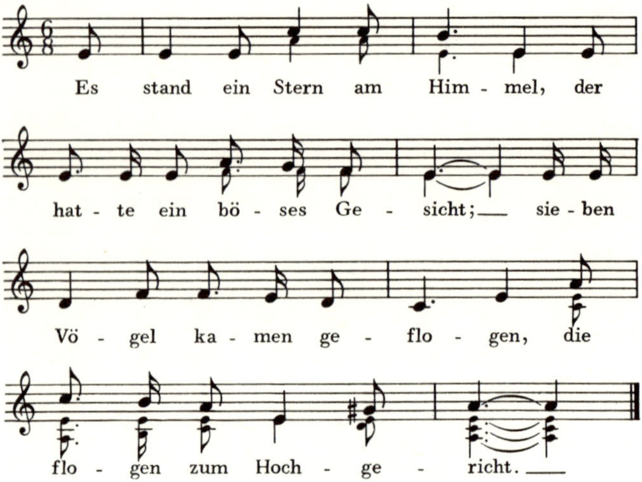

Es waren nicht sieben Tauben,
sieben Raben mußten es sein;
sie sind um das Rad geflogen
und huben an zu schrein.

Der erste nahm die Augen,
der zweite das Herz sich nahm;
der dritte aber den Finger
mit dem goldnen Ringe bekam.

Und was die andren sich nahmen,
das weiß bloß Gott allein;
mein Schatz der ist gegangen
um mich zum Himmel ein.

DIE TREUE BLUME

Ich habe einen Strauß gewunden
von Rosen und Vergißnichtmein,
damit mein Schatz in fernen Landen
gedenken soll in Treuen mein.
Nun heißt es scheiden,
ach ja, und meiden,
ich muß allein
und einsam sein.

Und wenn die Rosen auch verwelken,
es blühet das Vergißmeinnicht,
Es blüht die Liebe, es blüht die Treue,
sie blühen, bis das Herze bricht.
Nun heißt es scheiden,
ach ja, und meiden,
ich muß allein
und einsam sein.

DER SONDERBARE VOGEL

Der Vogel, der flog immer weiter,
bis da, wo eine Linde stand;
da sang er noch einmal das Liedchen
von Allerlei und Allerhand.

Er flog wohl auf und flog wohl nieder,
bis er sein Nest im Laube fand;
und da sang er erst recht das Liedchen
von Allerlei und Allerhand.

Mein Mädchen hat ihn eingefangen,
gefangen ihn mit ihrer Hand;
doch darum läßt er nicht das Singen
von Allerlei und Allerhand.

DAS EINSAME MÄDCHEN

Jedweder kleine Vogel
der liebt so viel er mag;
doch ich muß einsam bleiben
bei Nacht und auch bei Tag.

Ein Reitersmann zu Pferde
das soll mein Liebster sein;
er soll den Schlüssel haben
zu meinem Gärtelein.

Die Rosen soll er brechen,
so viel und viel er mag;
es wachsen wieder neue
in meinem Gartenhag.

DAS IRRLICHT

Hin und her, hin und her,
wo die weißen Rosen stehn,
kreuz und quer, kreuz und quer
muß die Flamme gehn;
Margarete, Margarete,
der Wind und der weht,
deine arme, arme Seele
nach Liebe suchen geht.

Ohne Rast, ohne Ruh
geht die Flamme auf und ab,
immerzu, immerzu
über ihrem Grab;
Margarete, Margarete,
nun ist es viel zu spät,
deine arme, arme Seele
nach Liebe suchen geht.

Still und stumm, still und stumm
geht die Flamme kalt und blau
um und um, um und um
Morgens in dem Tau;
Margarete, Margarete,
der Hahn und der kräht,
deine arme, arme Seele
nach Liebe suchen geht.

DER TAUBE GARTEN

Darum sind deine Wangen
als wie der Schnee so weiß;
und deine blauen Augen
die sind so kalt wie Eis.

Wenn andre Mädchen lieben,
dann bist du ganz allein;
es blühen keine Rosen
in deinem Gärtelein.

Ein Garten ohne Rosen
macht keinem Menschen Freud;
ein Mädchen ohne Liebe
das tut sich selber leid.

DAS GRAB

Es blüht eine Blume im Garten,
die ist so blaß und bleich;
es klingt ein Lied im Winde,
das ist an Schmerzen reich.
Anna, Susanna, wie schön bist du!
Anna, Susanna, wo findst du Ruh?

Es liegt ein Grab an der Mauer,
das hat nicht Kreuz noch Stein;
da hört man ein Kindlein weinen,
des Nachts im Mondenschein.
Anna, Susanna, wie schön bist du!
Anna, Susanna, wo findst du Ruh?

Es rauscht ein tiefes Wasser,
es rauscht wohl auf und ab;
es gräbt der Totengräber,
an einem neuen Grab.
Anna, Susanna, wie schön bist du!
Anna, Susanna, wo findst du Ruh?

DIE TRAPPEN

Ich kann nicht über die Straße gehn,
kann niemand ins Gesichte sehn;
es gehen Trappen aus und ein
bei meinem Kammerfensterlein.

Jedwedem ist nun offenbar,
daß heute Nacht wer bei mir war;
wer bei mir war die ganze Nacht,
der böse Schnee hats kund gemacht.

Ich nahm den Besen in die Hand
und hab ihn hin und her gewandt:
das Kehren half mir wenig mehr,
die Nachbarn sahen alle her.

Und hab ich meinen Ehrentag,
kein Kränzelein ich tragen mag;
und trage ich ein Kränzelein,
so darf es bloß ein halbes sein.

BEERDIGUNG

Die Totengräber fliegen
die ganze Maiennacht;
sie haben dem roten Herzen
ein schwarzes Grab gemacht.

In dem Zypressenbaume
da singt ein Vögelein;
nun lasset uns aber trinken
den roten, roten Wein.

Nun lasset uns aber singen,
zu Ende ist die Not;
wir haben das Herz begraben,
das rote Herz ist tot.

DIE SCHÖNSTE BLUME

Schöne Mädchen sind reizend,
reizend anzusehn.
Aber von allen ist keine
wie die eine so schön.

Schön ist sie anzusehen,
zu küssen noch vielmehr,
dürfte ich sie nicht küssen,
würde das Herz mir schwer.

Aber mein Herz ist fröhlich,
fröhlich ist es sehr,
denn ich darf sie küssen,
küssen und noch viel mehr.

DIE BÖSE SIEBEN

Die Sieben, ja die Sieben
ist eine böse Zahl;
sieben wunderschöne Mädchen,
die liebte ich einmal.

Sechs Rosen ohne Dornen
die waren mein fürwahr;
die siebte, die ich pflückte,
voll Dorn und Distel war.

Die siebte von den Sieben,
ihre Kunst sie wohl verstand;
sie führt mich zum Altar
mit ihrer weißen Hand.

Die sieben Birkenbäume,
die gehen hin und her;
ade, ihr roten Rosen,
ich pflücke keine mehr.

IM WALDE

Guten Tag, schöne Jungfer,
du allerliebstes Kind,
da draußen auf der Heide
da wehet der Wind.

Und der Wind und der wehet,
und der Wind, der ist kalt,
was willst du hier frieren,
komm mit in den Wald.

Im Wald ist es stille,
da rührt sich kein Zweig,
da blühen die Blumen,
da ruht es sich weich.

Da läßt es sich lieben,
kein Mensch weiß darum,
da stehn lauter Bäume,
die sind still und stumm.

DER EIFERSÜCHTIGE JÄGER

Eh daß die Sonne scheinet,
vor Tau und auch vor Tag,
es schlafen alle Leute,
mein Schatz und der ist wach.

Mein Schatz, der steht am Fenster
in seinem Hemdelein;
mit seinen weißen Händen
da winkt er mir herein.

Hinein kann ich nicht kommen,
ich gehe auf die Pirsch;
zu Holze muß ich ziehen,
da steht ein guter Hirsch.

Und mußt du ziehn zu Holze
und lassen mich allein,
so soll ein andrer schlafen
bei mir im Kämmerlein.

Und schläft bei dir ein andrer,
ich habe Kraut und Lot;
und küßt er dich des abends,
so ist er morgens tot.

TOTENBLUMEN

Der blaue und der weiße Flieder,
der hat verloren seine Zier;
er wird uns niemals wieder blühen,
denn heute muß ich fort von dir.

Die roten und die weißen Rosen,
die blühen weder dir noch mir;
sie müssen ungepflückt verwelken,
denn heute muß ich fort von dir.

Die Astern und Reseden blühen,
was hilft es dir, was hilft es mir;
ein andrer wird sie beide brechen,
denn heute muß ich fort von dir.

Die allerletzten gelben Blumen,
die Ringelblumen, pflück ich mir;
sie blühen auf dem Grab der Liebe,
denn heute muß ich fort von dir.

VERRATEN

Ich schob ihn sieben Jahre,
der Karren und der war schwer;
die Ketten an meinen Füßen
die drückten allzusehr.

Und als ich kam wieder nach Hause,
da wandtest du ab dein Gesicht;
um dich kam ich in Schande,
du aber kennst mich nicht.

Es wurden meine Hände
um dich von Blute rot;
um dich schob ich den Karren
in Kummer und in Not.

So fahre denn hin, du Falsche,
es soll mich nicht gereun;
zu Lüneburg auf dem Kalkberg,
da wird mein Ende sein.

DER GEFÄHRLICHE JÄGERSMANN

Er liebt sie in dem grünen Wald
und auf der braunen Heid;
er liebt sie um die Mitternacht
und um die Abendzeit.

Er liebt sie auch am hellen Tag,
er liebt sie heiß und treu;
er liebt nicht eine ganz allein,
er liebt auch zwei und drei.

Die eine liebt er offenbar,
auch wenn er sie nicht freit;
die andere liebt er bei der Nacht
in aller Heimlichkeit.

Und geht ein Mädchen in den Wald,
und ist es ganz allein,
und trifft sie dort den Jäger an,
sein eigen muß sie sein.

GOLD UND SILBER

Ein Ringelein von Silber,
das gab er mir zum Pfand;
einen Ring von rotem Golde
den trag ich an der Hand.

Der Myrtenstock am Fenster
der dauert mich so sehr;
seine Zweige sind gefallen,
nun ist er kahl und leer.

Der eine kriegt das Silber,
das Gold der andre hat;
wenn alle Leute schlafen,
dann komm und küß dich satt.

Die grünen Myrtenzweige,
die sind das allerbest;
du sollst das Kränzlein haben,
der andere kriegt den Rest.

AUF DER LÜNEBURGER HEIDE

Brüder, laßt die Gläser klingen,
denn der Muskatellerwein
wird vom langen Stehen sauer,
ausgetrunken muß er sein.

Und die Bracken und die bellen,
und die Büchse und die knallt,
rote Hirsche wolln wir jagen
in dem grünen, grünen Wald.

Ei du Hübsche, ei du Feine,
ei du Bild, wie Milch und Blut,
unsre Herzen wolln wir tauschen,
denn du glaubst nicht, wie das tut.

INHALT

HERMANN LÖNS

Der kleine Rosengarten

Klavierausgabe
Für Klavier bearbeitet von Fritz Jöde.
88 Seiten. Kartoniert

Gitarrenausgabe
Bearbeitet für Gitarre und Singstimme von Siegfried Behrend.
Mit einem Aufsatz über Fritz Jöde von Dirk Schortemeier.
88 Seiten. Kartoniert

Gitarrenausgabe mit Musik-Cassette
Aufgenommen von Siegfried Behrend.

Beide Ausgaben des kleinen Rosengartens, die klassische Klavierausgabe und die neue für Gitarre und eine Singstimme, folgen der ursprünglichen Anordnung der Lieder.

EUGEN DIEDERICHS VERLAG